The Girl and the Robin

BY KATHERINE FEROZEDIN

Illustrated by Natasha Dion

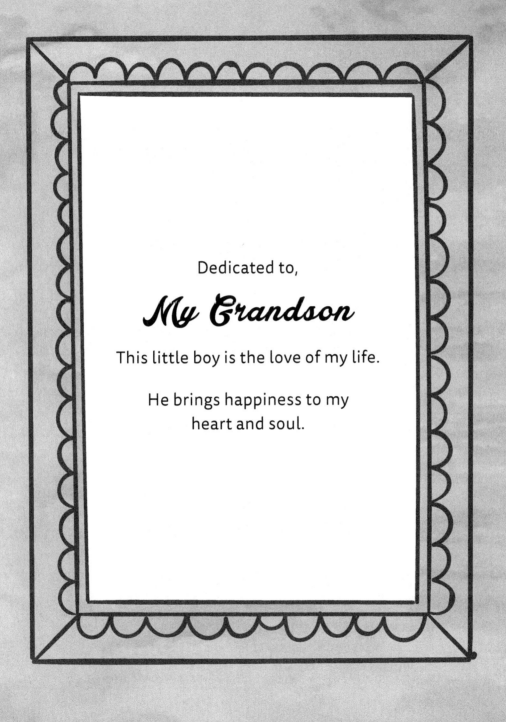

Dedicated to,

My Grandson

This little boy is the love of my life.

He brings happiness to my
heart and soul.

A long time ago, there was a little girl who was afraid of robins.

If she was walking, they would swoop at her. If she was playing, they would swoop at her. No matter what she was doing, or where she was, the robins would swoop at her.

This little girl was sad and scared.

Why was this happening? Were the robins just playing?

So, when she went outside, she would walk or bike carefully to not disturb them.

She would sneak around corners, or if she saw a robin, she would hide.

One day, she found a nest. Inside, she saw some eggs,
they were a pretty blue color.

She was so excited, but a robin started flying in her direction.

Was it the mommy bird?
The daddy bird?
They were chirping, so she ran home.

She thought to herself that night, I have to see those blue eggs again. I want to see a baby bird.

Maybe, she thought, I can be brave tomorrow.

That night, when she went to sleep, she had a dream about the birds.

Everyday, she would sneak up and peak into the nest,
but she never touched the eggs.

Her dad had told her not to touch the eggs because this would keep
the parent birds from sitting on them to keep them warm.

One day, as the girl was creeping close to the nest, she could hear a little noise coming from inside. Three little baby birds were born.

Just as she was clapping her hands in happiness, the mother bird spotted her and swooped by to get her away from the baby birds.

The little girl sat and cried.

She thought, how am I ever going to get the robins to like me?

Why do they swoop at me and scare me?

When this little girl grew up, she became a mom and still had problems with the robins.

Many years later, her two little boys loved to play outside.

They had a sandbox with all sorts of toys.

In the back of the yard was a fence.
On top, sat two pretty purple birds.

They were not robins, but were still very
protective of their babies.

One day, both little boys came running to their mommy.
They were scared.
The birds were swooping down on them.

Their mommy told them, I know you must be scared, when I was a
little girl, robins would swoop down on me!

The next day, the boys and their mommy found a kitten.
It did not have a collar, so they kept it and gave it a safe home.

They decided to name her mittens because she had two little white paws.

As the boys grew, and as mittens grew, she would sit on the top of the garage and watch as the boys played in their sandbox.

Mittens became the guard cat of the yard. The boys always felt safe and proud when mittens was around.

The little boys grew up and their mommy was now a grandma.
Even as a grandma, she still had birds swooping down to bother her.

She knew she needed to find a solution about her problem with the robins.

She wanted her grandson to enjoy being outside with the birds and never be scared like her and her sons.

Hmmmm...

So, she had an idea.
If she talked to the birds nicely, or if she helped them find a safe
place for their nest, they would be happy.

Now everyday, she would walk and whistle a happy tune when
she saw a robin nearby.

When a robin swooped down at her, she would say,
hello robin, how are you today.

The grandma found a spot close to her house for the birds to build a nest.

As she watched, she would talk to the birds slowly, and they started talking to her too.

When this little boy was visiting his grandma, they would look out the window and whisper to each other about how many eggs might be in the nest.

Soon enough, the robins started to like this grandma.

They felt safe and protected in her yard.

What made the grandma happy after all the years of being afraid and sad, was that she finally made the robins her friends.

About the Author

Katherine, Kathy, I am a daughter, sister, wife and grandma.

This is my second book self-published and filled with gratitude that more will be written.

Recently lost the most important person in life, my mom. This book is dedicated to Marie, she read it before she passed away and loved it. I am forever grateful for her love. She was the strongest person I knew and will always be watching her family.

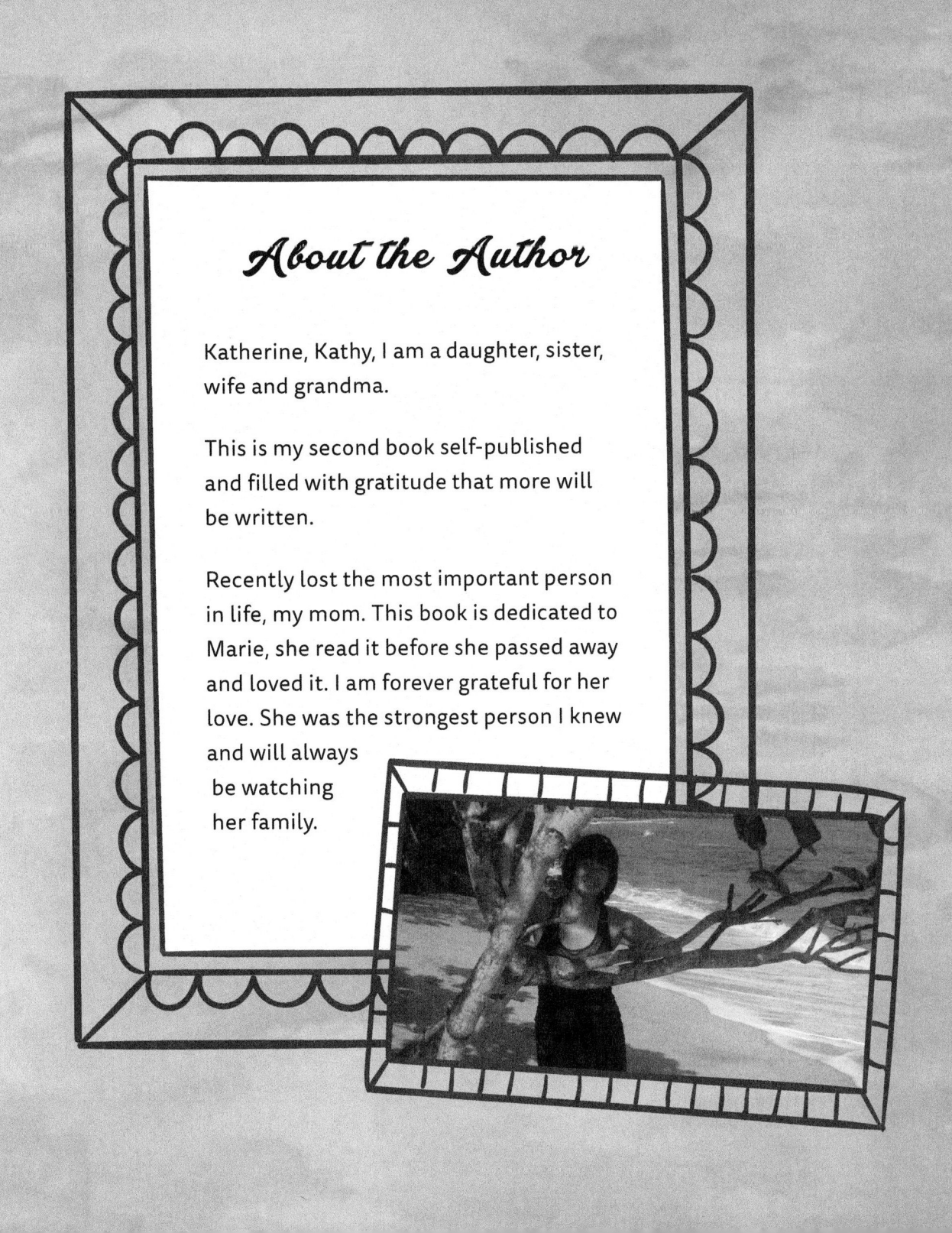

Tellwell Talent
www.tellwell.ca

ISBN
Paperback: 978-1-77302-195-9

Sobre el escritor,

Sobre el escitor mi nombre es Katherine, mi familia y amigos me cococen por Kathy. Soy una hermana, una madre y una abuela. Recientemente perdí a la persona más importante en mi vida, mi mamá.

Este libro está dedicado a Marie, ella ol leyó y le encantó, ella era persona mas fuerte que he conocido.

Ella siempre estará pendiente de su familia.

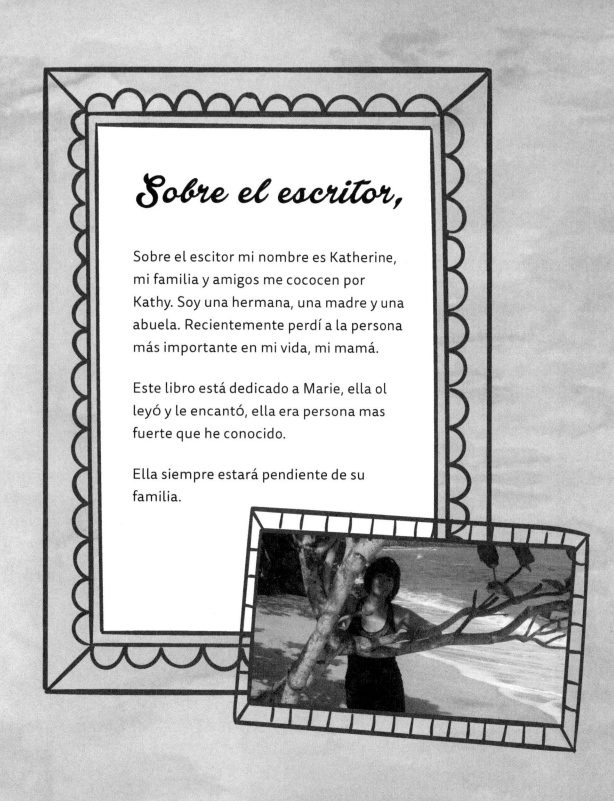

Pronto, a los petirrojos les empezó a gustar esta abuela se sentían seguros y protegidos en su patio.

Lo que hizo a la abuela tan feliz después de todos los años de tener miedo y estar triste, fue que ella finalmente hizo de los petirrojos sus amigos.

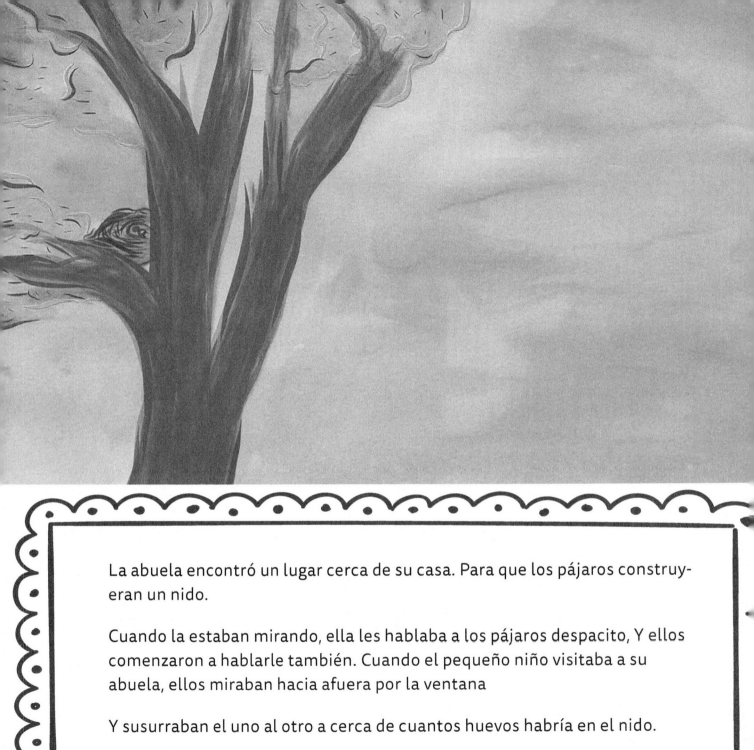

La abuela encontró un lugar cerca de su casa. Para que los pájaros construyeran un nido.

Cuando la estaban mirando, ella les hablaba a los pájaros despacito, Y ellos comenzaron a hablarle también. Cuando el pequeño niño visitaba a su abuela, ellos miraban hacia afuera por la ventana

Y susurraban el uno al otro a cerca de cuantos huevos habría en el nido.

Así, que ella tuvo una idea. Si ella hablaba a los pájaros de manera agradable, o si ella les ayudaba a encontrar un lugar seguro para su nido, ellos estarían felices.

Ahora, cada día ella podía caminar y silbar una melodía alegre cuando ella veía un petirrojo cerca.

Cunando un petirrojo se abalanzaba sobre ella ella decía, hola petirrojo, como estas hoy?

Los pequeños crecieron y su mami era ahora una abuela. Aun como abuela, ella todavía tenía los pájaros abalanzándose hacia ella para molestarla.

Ella sabía que necesitaba encontrar una solución a su problema con los petirrojos. Ella quería que su nieto disfrutara

Estar afuera con los pájaros y nunca tener miedo como ella y sus hijos.

Mmmmmm...

Así como los pequeños niños crecieron. Y manoplas creció, ella se sentaba sobre la cochera. Y miraba a los niños mientras ellos jugaban en su caja de arena.

Manoplas se convirtió en el gato guardián de la casa. Los niños siempre se sentían seguros y orgullosos cuando Manoplas andaba cerca.

El siguiente día, los pequeños y su mami encontraron un gatito.
No tenía collar, así que se quedaron con él, y le dieron un hogar seguro.

Ellos decidieron llamarlo manoplas, porque tenía dos patitas blancas.

Un día, los dos pequeños niños llegaron corriendo a su mami,
Estaban asustados.

Los pájaros estaban abalanzándose sobre ellos!

La mamá les dijo, yo sé que deben estar asustados, cuando yo era una pequeña niña, los petirrojos venían, y se abalanzaban sobre mi!

En la parte de atrás de su patio había una cerca.

Sobre ella, sentados dos lindos pájaros morados.

No eran petirrojos, pero aún eran muy protectores de sus bebés.

Y esta pequeña niña creció, y se convirtió en Mamá.

Y aun teniendo problemas con los petirrojos.

Muchos años después, ella tuvo dos pequeños niños a quienes les encantaba jugar.

Tenían una caja de arena, con toda clase de juguetes.

La pequeña niña se sentó y lloraba, ella pensó, como voy a poder conseguir.

Agradarle a los petirrojos?

Porqué ellos se me abalanzan y me asustan?

Un día, mientras la niña estaba trepando hacia el nido, ella pudo Escuchar un pequeño sonido que venía desde adentro. Tres pequeños bebés pájaro habían nacido.

Justo cuando ella estaba batiendo sus manos de alegría, la mamá pájaro la puso en la mira y se le abalanzó para alejarla de sus bebés pájaro.

Todos los días, ella iba merodear y curiosear dentro el nido. Pero ella nunca tocó los huevos.

Su papá le había dicho que no tocara los huevos porque esto podría evitar que los papás pájaros se sentaran sobre ellos para mantenerlos tibios.

Esa noche ella pensó para sí misma, tengo que ver aquellos huevos azules de nuevo, quiero ver un bebé pájaro.

Quizás, pensó, puedo ser valiente mañana.

Esa noche cuando ella se fue a dormir, tuvo un sueño a cerca de los pájaros.

Un día ella encontró un nido. Dentro, ella vio unos huevos, eran de un bonito color azul.

Ella estaba tan emocionada, pero un pájaro comenzó a volar con dirección a ella.

Era la Mami pájaro?
El papá pájaro?
Los pájaros estaban piando, así que ella corrió a casa.

Porqué estaba pasando esto? estaban los petirrojos solo jugando?

Así que, cuando ella iba afuera, ella caminaba o montaba su bicicleta cuidadosamente para no molestarlos.

Ella merodeaba por las esquinas, o, si veía un petirrojo, se escondía.

Hace mucho tiempo, había una pequeña niña la cual le temía a los petirrojos.
Si ella estaba caminando, ellos se abalanzaban a ella.
Si ella estaba jugando ellos se abalanzaban a ella.
No importaba que estaba haciendo, o donde se encontraba, los petirrojos se abalanzaban a ella.
Esta niña estaba triste, y asustada.

Dedicado a,

Mi Nieto,

Este pequeño niño es el amor de mi vida, Él trae felicidad a mi corazón y mi alma.

La Niña y el Petirrojo

AUTOR KATHERINE FEROZEDIN

Ilustraciones por Natasha Dion / Traduccion por Erika Hernandez

CPSIA information can be obtained
at www.ICGtesting.com
Printed in the USA
LVOW05s2316111016
508383LV00003B/4/P